JN186269

かわのむつみ●作　下間文恵●絵

国土社

もくじ

1 タミーがうまれた日(ひ) 6
2 かんがえるこぶた 13
3 めうしらしいこぶたって？ 17
4 めうし、しっかく 29

5 めんどりらしいこぶたって？ 34
6 めんどり、しっかく 46
7 いぬらしいこぶたって？ 54
8 タミーのかつやく 64
9 タミーは、タミー 73

♪ クック、コッコ、コケコッコーーーーーー！

　山(やま)のふもとのぼくじょうに、
朝(あさ)がきました。

「おはよう、リキ丸(まる)！」

　マキちゃんは、
いぬ小屋(ごや)のまえをとおりすぎ、

「おはよう、コケッコおばさん！」

にわとり小屋(ごや)をのぞき、

「モー子(こ)、いってきまーす！」

めうしに手(て)をふりました。

マキちゃんは二年生。
学校にいくまえ、
みんなにあいさつします。
どうぶつたちも、
マキちゃんのことが、
だいすきです。
「タミー、タミーは、どこ？」
マキちゃんがよぶと、
「マキちゃん、ぼく、ここだよーっ！」
こぶたが一ぴき、元気にはしってきました。

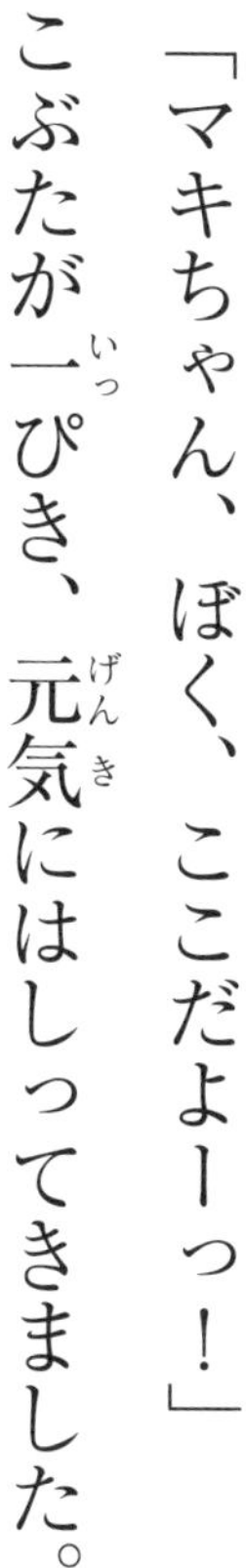

1 タミーがうまれた日

シュルルルーーーン、ポン。
ながれ星がひとつ、山のふもとにおっこちてきました。
そんな春の夜のことです。

♪ホヴ、ホヴ…、
♪ブウフ、ブウフ……、
♪オイン、オイン……。

ぼくじょうで、元気なこぶたたちがうまれました。

夜があけて、朝になると、
「ニャンと、こぶたが十ぴきも！」
「えーと、
十一ぴきいるメェ〜」
「ちがう。
十二ひきだガァ！」
どうぶつたちが
やってきて、
つぎつぎに
こぶたをかぞえました。

「ウォ、ワン、ま、まてよ……。
そら、もう一ぴき
ちっこいのがいるぞ！」
いぬのリキ丸が、
やせっぽちをみつけて、
小さくほえました。
ほんとうは、十三びき。
ころころふとった十二ひきの
ほかに、とてもやせっぽちのこぶたが
いたのです。

「モモー、かわいそうに……。しわくちゃよ！」

めうしのモー子は

気のどくがり、

「コケッ、コッ！

あれじゃ、ぶたには

みえないねぇ」

めんどりのコケッコおばさんは、

顔をしかめました。

そのこぶたは、たちまち、

みんなのしんぱいのたねに、なったのです。

しわくちゃでやせっぽちの、チビ……。
十三びきめのこぶた、それがタミーでした。
でも、タミーのかあさんは、そんなこと、ちっとも
気にしませんでした。
「ほーら、ちゃんと、
はなは、上をむいているし、
目は、まめつぶみたいに
小さいわ。
この子は、わたしの、
かわいいかわいい赤ちゃんよ！」

かあさんは、
まい日、夜ねるまえ、
こぶたたちみんなに、
おやすみのキスをします。
そしてまい朝、
おはようのキスをします。
タミーは、かあさんのおっぱいを、
チューチュー、ズーズー、
いっぱいもらって、
元気に大きくなっていきました。

2 かんがえるこぶた

ふた月がすぎた、ある日のことです。

「タミーって、モーのすごく足がはやいのよ。おかげで、目がまわりそう」

「ニャンてこった！」

「おまけに、コケッコーなしりたがり屋！　あれこれきいてくるから、めんどくさいねぇ」

「メェ、メェ〜んどくさい」

「あいつは、ぶたらしいどりょくをすべきだワン！」

「そうだ。　どりょくがたりないガァ！」
どうぶつたちが、　口ぐちに
わる口をいっていると、
ちょうどそこに、
タミーがやってきました。
「ねえねえ、　なんのおはなし？」
タミーが、　うれしそうに
しつもんしたので、
みんなは、　はずかしくなり、
あわててちらばっていきました。

「まってよ！　ねえ、ぶたらしいどりょくって、なーに？」

タミーは、リキ丸をおいかけて、たずねました。

「ウォ、それは、つまり……、

そんなにすばしっこくしねえで、

うんとこさ、えさをたべて、

ねてろってことさ。

ぶたは、おれたちいぬや、うしや、

にわとりとは、ちがうんだ。

ぶたはぶたらしく、

なーんにもかんがえるな！」

みんなとちがう？　どうちがうの？
「なーんにも、かんがえない？」
それがぶたらしいってこと？
「そんなの、いやだよ！」
タミーは、かんがえて、かんがえて……、
かんがえました。そして、ちょっと
あたまがいたくなったけれど、
心にきめたのです。
「それなら、ぼく、ぶたをやめる！」

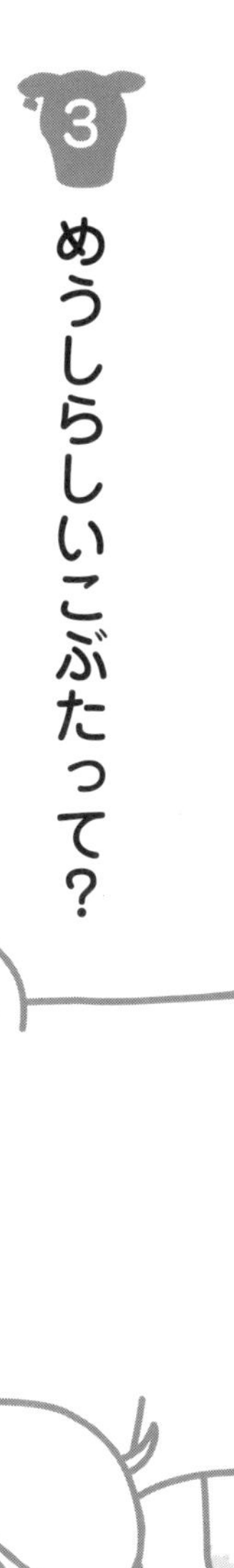

3 めうしらしいこぶたって？

つぎの朝、タミーは、
かあさんときょうだいたちに、
きっぱり、おわかれをいいました。
「さようなら！　ぼくのことは、
しんぱいしないでね」
タミーは、ぶた小屋をでて、
トントコトントコ、
あるいていきました。

白いさくをくぐりぬけ、
いけのまわりをまわって……、
トントコトントコ、
あるいていきました。
タミーは、かんがえました。
「ぼく、ぶたをやめて、なんになろう？」
すると、うし小屋から
声がきこえてきました。
「モー子、きょうも、
たくさんのミルクをありがとう！」

いってみると、モー子が、
マキちゃんのおかあさんに、
せなかをなでられて
いました。

そのすがたは、とても
りっぱにみえました。
「きめた！
ぼく、
モー子みたいな、
りっぱなめうしに
なるぞ！」
タミーは、
めうしになることに
しました。

「モ、モー、おばかさんねえ。こぶたが、めうしになれるはずないでしょ」

モー子は、あきれ顔です。

「じゃあ、ぼく、めうしらしいこぶたになるよ！」

タミーは、目をかがやかせました。

「めうしらしいこぶたですって？　それ、モーのすごく、へんてこりんよ」

「おねがい、先生になってよ。ぼく、がんばるから！」

タミーが、いっしょうけんめいたのんだので、モー子も、ちゃんとかんがえました。

「このわたしが、先生？」

そうよねぇ……。

たまには先生になるのも、
わるくないかしら？

「ンモー、
きょう一日だけよ」
こうして、
タミーは、モー子の生徒になりました。

タミーとモー子先生は、ならんであるきはじめました。
「それじゃあ先生。
ぼく、まず、なにをしたらいいですか？」
タミーは、わかれ道のきりかぶの上に、
トンッと、とびのり、
さっそくしつもんしました。
「ま、まずは、この道を
モー、まーっすぐいくのよ」
「まーっすぐって、どこまで？
この道は、どこへつづいて

いるの？
まーっすぐいって、
どうするんですか？」
　タミーが
あれこれきいたので、
モー子先生のあたまのなかは、
こんがらがった
毛糸みたいになり、それを
ほどくのに、とても、じかんがかかりました。
「……えーと、この道は、おかのむこ……むこうの……

草地までつづいているの。あそこの草は、モーのすごく、
おいしいのよ。そう、モモーモーのすご……」
「じゃあ、そこまで、かけっこしようよ！」
タミーは、先生のはなしのとちゅうで、
きりかぶから、トンッと、とびおりて、
元気にはしりだしました。

「だ、だめよっ。とまって。
とまりなさい！
めうしは、かけっこなんてしないの。

めうしは、モーっと、ゆっくりあるくものよ」
モー子先生のきびしいことばに、
タミーは、しゅんとなりました。
でも、すぐに元気をとりもどし、
うしろむきで
あるきはじめました。
「モ、モ、だモですっ！
うしろむきであるくなんて、
めうしらしくないわよ」
「ふー、わかったよ……」

めうしになるのって、
むずかしいなあ。
でも、がんばらなくっちゃ！
タミーは、
モー子先生のよこを、
どうにか
まえむきであるいていき、
やっと、
おかのむこうの
草地につきました。

4 めうし、しっかく

草地には小川がながれ、
小さなさかなが
およいでいました。
「わーい、おさかなだ！」
バシャッ！
タミーは、おもわず、
水のなかにとびこみました。
それから、さかなをつかまえようと、

ジャブジャブ、水をかきまわしました。
「だめよ、タミー。水あそびなんて、
モー、ぜんぜん、
ちっとも、めうしらしくない。
ここではゆっくり水をのむだけよ」
　モー子先生はつづけます。
「それから、モーりもり、草を
たべるのよ。たっぷり草をたべないと、
おいしいミルクがだせないの。
でもね、ミルクをだせるのは、メスだけ。

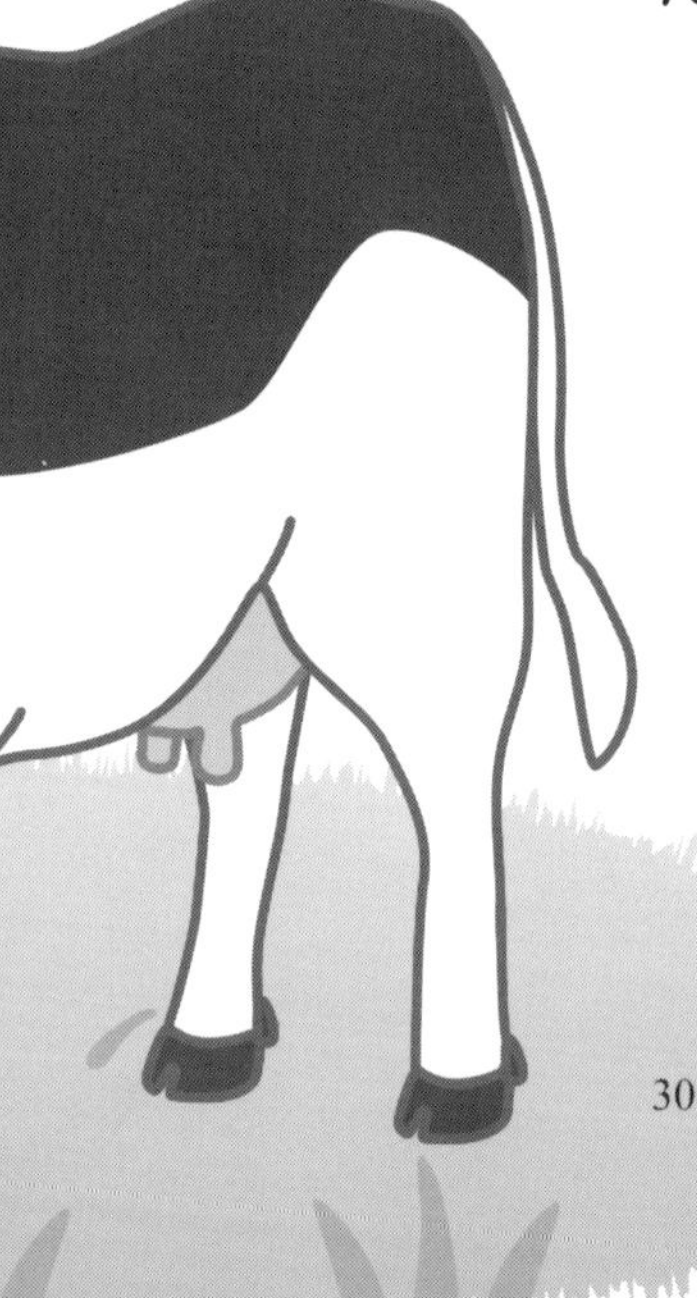

だから、タミー、
あんたには、むりだけど……」

えっ？
タミーは、がっかり……。

おもわずブヒッと、
はなをならしてしまいました。

「それなら、ぼく、草じゃなくて、
りんごがたべたいよぅ」

モー子先生は、きこえないふりをして、
草をたべにたべて、ひるねをはじめました。

春のひざしが、ほっこりあたたかです。タミーも、
うとうと、ねむりにおちていきました。
タミーは、ゆめをみています。
「このこぶたは、かってにかけっこをしたがり、おまけに
うしろむきであるき、なんと、びしょぬれになりました！
だから、めうしらしいこぶた、
モー、しっかくよ！」
モー子先生が、『しっかく』の
はんこを口にくわえて、
どんどん、ちかづいてきます。

ペタンッ！

「うわぁ、
おねがい。やめてよ〜！」

タミーは、びっくりして
目(め)をさましました。

どうやら、モー子先生(こせんせい)は、
先(さき)にかえってしまったようです。

タミーは、ひとり
とぼとぼと……、小屋(こや)にかえりました。

5 めんどりらしいこぶたって？

つぎの朝、タミーは、すっかり元気をとりもどし、
トントコトントコ、あるいていきました。
タミーは、かんがえました。
「ぼく、めうしじゃなくて、
なんになろう？」
すると、とり小屋から
声がきこえてきました。
「コケッコおばさん、きょうも、

大きなたまごをありがとう！」
いってみると、
コケッコおばさんが、
マキちゃんに
ほめられて
いました。

そのすがたは、とても
りっぱにみえました。
「きめた！
ぼく、
コケッコおばさんみたいな、
りっぱなめんどりに
なるぞ！」
タミーは、
めんどりになることに
しました。

「コッ、
おばかさんだねぇ。
こぶたが、
めんどりになれるわけ
ないだろ」
コケッコおばさんは、
あきれ顔です。
「じゃあ、ぼく、
めんどりらしいこぶたになるよ！」
タミーは、目をかがやかせました。

「めんどりらしいこぶただって？　コッ、なんてこった。

へんてこりんだねぇ」

「おねがい、先生になってよ。ぼく、がんばるから！」

タミーが、いっしょうけんめいたのんだので、
コケッコおばさんも、ちゃんとかんがえました。


「このあたしが、先生だって？」

そうだねぇ……。

たまには先生になるのも、
わるくないかねぇ？

「コケッ、
きょう一日だけだよ」

こうして、
タミーは、コケッコおばさんの生徒になりました。

タミーとコケッコ先生は、ならんであるきはじめました。
「それじゃあ先生。
ぼく、まず、なにをしたらいいですか？」
タミーは、わかれ道のきりかぶの上に、
トンッと、とびのり、
さっそくしつもんしました。
「まずは、この道を
右にいくんだコッ」
「右って、どこまで？
この道は、どこへつづいているの？

右へいって、
どうするんですか?」
　タミーが
あれこれきいたので、
コケッコ先生の
あたまのなかは、
ひっくりかえった
おもちゃばこみたいになり、それを
かたづけるのに、とても、じかんがかかりました。
「……コッ、この道は、ぼくじょうのはずれの……きの……

きのこ岩までつづいてるのさ。あそこで空とぶのは、こりゃ
ケッコー気もちいいもんでねぇ。そう、ケッコーコッ……」
「じゃあ、そこまで、うたいながら
いこうよ！」
タミーは、先生のはなしのとちゅうで、
きりかぶから、トンッと、とびおりて、
元気にうたいはじめました。
「だめ、だめだよっ！
大声でうたうのは、おんどり。

そのおんどりだって、
うたうのは、夜あけだケッコ！
こんなじかんにうたったら、
みんな、じかんをまちがえちまう！」
　コケッコ先生のきびしいことばに、
タミーは、しゅんとなりました。
　でも、すぐに元気をとりもどし、
道ばたの土や花のにおいを
かぎはじめました。
「コッ、こら、だめだってば！

においをかぐなんて、ちっとも
めんどりらしくないねぇ。
それから、
ほら、こうして、
めんどりは
二本足(にほんあし)であるくもんだよ!」
「ふー、わかったよ……」

めんどりになるのって、
むずかしいなあ。

でも、がんばらなくっちゃ！
タミーは、
コケッコ先生（せんせい）のよこを、
どうにか
うしろ足二本（あしにほん）であるき、
なんどもまえ足（あし）を
ついてしまったけれど、
やっと、
ぼくじょうのはずれの
きのこ岩（いわ）につきました。

6 めんどり、しっかく

きのこ岩のちかくには、色とりどりの花がさき、
野いちごの実が、赤く色づいていました。
「わー、おいしそう！」
パクリン！
タミーは、おもわず野いちごをたべました。それから
花をつんで、あたまにのせました。
「だめだったら！　ココッ、ここで、岩の上から、とぶ
れんしゅうをするんだよ」

えっ？
タミーは、びっくり……。
おもわずブヒッと、
はなをならしてしまいました。
「ぼ、ぼく、こわいよう」
コケッコ先生は、
きこえないふりをして、
はねをパタパタさせながら
すこしずつとびあがっていき、
いちばん大きな岩の上までたどりつきました。

タミーも、ぜったいに
下をみないようにしながら、
どうにか岩をよじのぼりました。
コケッコ先生は、
はねを大きくひろげ、
岩をけってはばたきました。
バタバタ、トワーッ！
それは、
とりのように空をとぶ……
というより、まるで

空中でおどっているように、みえました。
コケッコ先生は、ぶじに下におりると、
じまんげにいいました。
「ケッコーうまくいったねぇ。
みたかい？
めんどりは、こんなふうに
空をとぶものなんだ。
さあさあ、とんでごらん！」

「う、うん……」

タミーは、大きくいきをすって、
ギュッと目をつむり、
おもいきってはばたきました。
まえ足をパタパタパタ、
うしろ足もバタバタ、
しっぽをクルクルクルクルーッ！

ところが……、
まっさかさまにおっこちて、
タミーは、気ぜつしてしまいました。

タミーは、ゆめをみています。
「このこぶたは、かってにうたいたがり、おまけに
土や花のにおいをかぎ、なんと、気ぜつしました！
だから、めんどりらしいこぶた、
しっかくだコッ！」
コケッコ先生が、
『しっかく』の
はんこを口にくわえて、
どんどん、ちかづいてきます。

ペタンッ！

「うわぁ、
おねがい。やめてよ～！」

タミーは、びっくりして
目をさましました。

どうやら、コケッコ先生は、
先にかえってしまったようです。

タミーは、ひとり
とぼとぼと……、小屋にかえりました。

7 いぬらしいこぶたって？

つぎの朝、タミーは、また元気をとりもどし、
トントコトントコ、あるいていきました。
タミーは、かんがえました。
「ぼく、めうしじゃなくて、
めんどりでもなく、なんになろう？」
すると、いぬ小屋のほうから
声がきこえてきました。
「リキ丸、でかけてくるからね。

きょうも、るすばんを
しっかりたのんだぞ！」
いってみると、
リキ丸が、
マキちゃんの
おとうさんに、
あたまを
なでられて
いました。

そのすがたは、とても
りっぱにみえました。
「きめた！
ぼく、
リキ丸みたいな、
りっぱないぬに
なるぞ！」
タミーは、
いぬになることに
しました。

「ワンて、
ばかなやつだ。
こぶたが、いぬになんて
なれっこないだろ」
リキ丸は、あきれ顔です。
「じゃあ、ぼく、
いぬらしいこぶたになる。
きっとなれるよ。だって
リキ丸はオスで、ぼくもオスだもん！」
タミーは、目をかがやかせました。

「いぬらしいこぶただと？　ウゥ……、とんでもなく、へんてこりんだワン」

「おねがい、先生になってよ。ぼく、がんばるから！」

タミーが、いっしょうけんめいたのんだので、リキ丸も、ちゃんとかんがえました。

「このおれが、先生だと？」

そうだな、ウゥ……。

たまには先生になるのも、
わるくないかもな？

「よし、
きょう一日だけだワン！」
こうして、
タミーは、リキ丸の生徒になりました。

タミーとリキ丸先生は、ならんであるきはじめました。
「それじゃあ先生。
ぼく、まず、なにをしたらいいですか？」
タミーは、わかれ道のきりかぶの上に、
トンッと、とびのり、
さっそくしつもんしました。
「まずワン、この道を
左へいくぞ」
「左って、どこまで？
この道は、どこへつづいているの？

左へいって、
どうするんですか？」
　タミーがあれこれきいても、
リキ丸先生は、
すぐにこたえてくれました。
「この道は、
ぼくじょうのまわりを
ぐるりと一しゅうしてるワン。
おれたちは、みまわりをするんだ。
あやしいやつが、はいりこまんようにな」

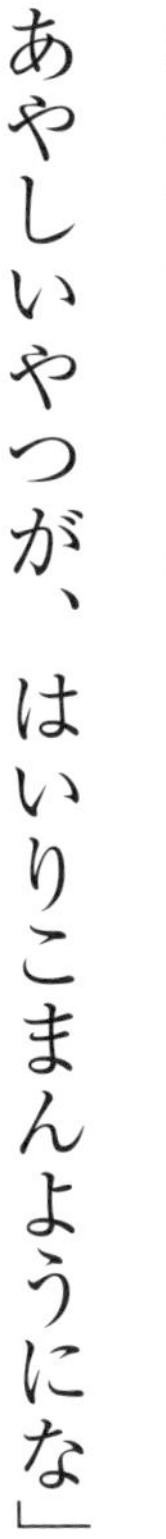

「ぼく、みまわり、できるよ！」
タミーは、きりかぶから、
トンッと、とびおりて、
バレリーナのように、
クルクルクルッと、
三回まわってみせました。
「だめだ。
ふざけちゃいかん！
クルクルするんじゃなくて、パトロールだ。
いぬはいぬらしく、ワンと、いや、

ちゃんとあるくんだ。どうどうとな！」
リキ丸先生のきびしいことばに、
タミーは、
しゅんとなりました。
でも、すぐに
元気をとりもどし、
どうどうと、
どうどうと……、
いぬらしく
あるきはじめました。

8 タミーのかつやく

タミーが、どうどうと、道（みち）のまんなかをあるいていると、
大（おお）きな水（みず）たまりができていました。
リキ丸先生（まるせんせい）は、かるがると、
ジャーンプ！
水（みず）たまりをとびこえました。
タミーもまねして、
ジャーンプ！
ところが、

ドボンッ！
水たまりのなかに
おっこちて、
リキ丸先生の顔に、
どろ水をはねとばしました。
でも
先生は、
「だめだ！」とは
いいませんでした。
なぜなら、そのとき……、

家のなかをのぞきこんでいるあやしい人かげを、みつけたのです。

「ど、どろぼうだ……」

リキ丸先生が、タミーにささやきました。

「だれかをよんでくるんだ……。

おれは、ここでみはっている。いけっ！」

「はっ、はい、先生(せんせい)！」
タミーは、
すぐに
はしりだしました。
野(の)ばらの
トンネルを
くぐりぬけ、
いけの
まわりを
まわって……、

マキちゃんのおかあさんのいる、うし小屋につきました。

タミーは、いぬらしくほえました。

「ウォッ、ワン！　ワゥワゥ！」

でも、マキちゃんのおかあさんの耳には、

「ブヒッ、オインッ！　ブーブー！」

と、きこえました。

タミーは、いいました。

「モー子先生、どろぼうが、
はいりそうなの。なんとかして！」

「モモー、まあ、どうしましょ！」

モー子がからだをゆらしたので、
マキちゃんのおかあさんは、
びっくり。
「どうかしたの？」

タミーは、
おかあさんの
エプロンを
ひっぱってから、
とぶようにはしりだしました。

タミーは、にわとり小屋(ごや)のまえで
さけびました。
「コケッコ先生(せんせい)、どろぼうだよ」
「コッ、こりゃ、たいへん！」
コケッコおばさんが、
バタバタと、はばたいたので、
小屋(こや)のなかは大(おお)さわぎです。
　にわとり小屋(ごや)では、
ちょうど、マキちゃんが
たまごをあつめていました。

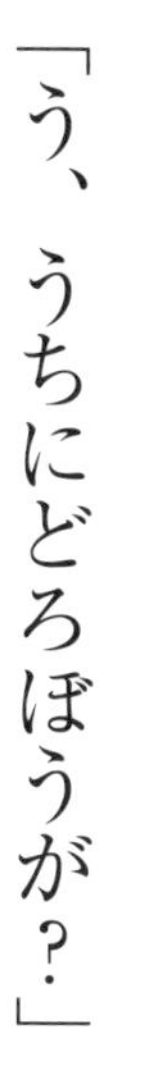

「う、うちにどろぼうが？」
マキちゃんが、
小屋からとびだしてきました。
タミーは、いぬらしくほえました。
「ウォッ、ワン！　ワゥワゥ！」
すると、
マキちゃんの耳には、
ちゃんと
「ウォッ、ワン！　ワゥワゥ！」
と、きこえました。

「マキちゃん、
ぼくが、どろぼうを
やっつけるよ！」
　タミーは、また
とぶようにはしっていきました。
「タミー、まって！
気をつけてっ！」
　マキちゃんも
あとをおいかけました。

9 タミーは、タミー

　マキちゃんとおかあさんが
家のまえまでくると……、
どろぼうが、ドアのそばで
ひっくりかえっていました。
　そのどろぼうを、リキ丸が
こわい顔でみはっています。
　そこへ、町へでかけたおとうさんが
もどってきて、おまわりさんをよびました。

「リキ丸、よくやったぞ！」
おとうさんは、リキ丸のあたまを、
なんどもなんども
なでました。

「おとうさん、
タミーも、えらかったのよ！」
マキちゃんは、
こぶたをさがしました。
でも、どこへいったのでしょう？

タミーのすがたが、
みあたりません。
「タミー、タミー、
どこへいったのー？」
すると、
どこからか
ブヒッ……と、
はなをならす声(こえ)が
きこえてきました。
「ぼく、ここだよ～。は、はやく、たすけてよ～！」

タミーは、ほし草の山からひっぱりだされ、
マキちゃんにだきしめられました。
「あぁ、タミー、だいじょうぶ？」
「う、うん……。
ぼく、もうスピードで
はしってきたから、
とまれなかったの。
家のまえで
つまずいて、
ピョーンって

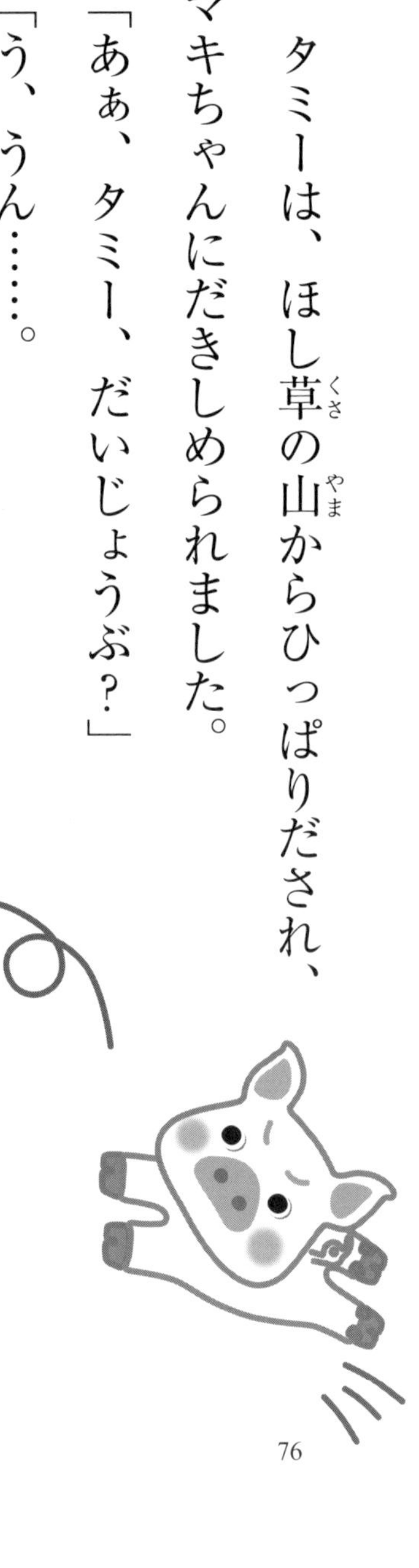

空をとんで、
どろぼうのあたまに、
ゴッチーンって
ぶつかったの。
それから、また
ピョーンて……。
えーと、あれ？
そのあとは、おぼえてないや」
「あわてんぼうだけど、
なんてゆう気があって……、

なんておりこうなの！」
「マ、マキちゃん、ぼくのいってること
わかるんだね？」
タミーがみつめると、
「かわいいタミー、
だいすきよ！」
マキちゃんが
うなずきました。

それから……、

タミーとマキちゃんは、
いっぱい
おしゃべりをしました。
タミーは
いままでのことをはなし、
マキちゃんも、
学校(がっこう)や先生(せんせい)や
ともだちのことを、
たくさん
タミーにおしえてくれました。

その夜のこと。シュルルルーーーン、ポン。
またひとつ、ながれ星が、山のふもとにおっこちました。
タミーは、ゆめをみています。
「このこぶたは、いぬらしくどうどうとあるき、
おまけにゆうかんにこうどうし、
なんと、どろぼうを
ひっくりかえらせました！
だから、いぬらしいこぶた、
ごうかくだワン！」
リキ丸先生が

笑顔でちかづいてきて、
タミーのおしりに、
『ごうかく』のはんこを
おしました。
ペタンッ！

そして、
ごほうびに、
金色のかんむりを
かぶせてくれました。

タミーは大よろこびで、
自分のすがたを、水たまりに
うつしてみました。
そこには、
リキ丸先生によくにた、
いぬの顔が
うつっていました。

「うわー、
これ、ぼくじゃない。

おねがい、やめてよ！
だって、ぼく、
かってにふざけたし、
おまけにどろをはねたし、
なんと、目をまわしちゃった！
えーとえーと、だから、
いぬらしいこぶた、しっかく！」
タミーは、自分のおしりに、
『しっかく』のはんこを
ペタンッと、おしました。

つぎの朝。
目がさめて、タミーは、
かあさんにだきつきました。
「よかった……。ぼく、
ちゃんと、ぼくだよね？」
「まあ、タミーったら、
どうしたの？」
かあさんは、
いつものように、
タミーにキスをしました。

「ぼく、ぶたはやめないけど、
きょうは
マキちゃんといっしょに、
学校にいってくるよ！」
タミーは、
かあさんと
きょうだいたちに、
元気にあいさつしました。
「それじゃあ、
ぼく、いってきまーす！」

ぶた小屋(ごや)をでて、
白(しろ)いさくをくぐりぬけ……、
イチ、ニイ、ピョーン。
「マキちゃん、
ぼく、ここだよーっ！」
タミーは、
マキちゃんのそばに、
はしって
いきました。

作者●かわのむつみ
千葉県生まれ。横浜国立大学卒業。日本児童文学者協会会員。「ふろむ」同人。作品に『やまのうえのともだち』（小学館おひさま大賞、日能研通信教育教材『知の翼』に採用）。共著に、『お鈴とまめ地蔵』（文溪堂）『じいちゃんは手品師』（ポプラ社）『青い月の謎』（偕成社）などがある。

画家●下間文恵（しもま あやえ）
千葉県生まれ。武蔵野美術大学造形学部油絵学科卒業。ゲーム会社や文具会社でキャラクターや背景制作のデザイナーとして従事。現在はイラストレーターとして、ポスターなどの販促物、雑誌や知育ドリルの挿絵、キャラクター制作、ロゴデザイン、Webサイト用イラストなど幅広い媒体で活躍。

本作品は、毎日小学生新聞（2012年8月～9月）に、連載された「こぶたのタミー」に加筆・修正をしたものです。

こぶたのタミー NDC913 87p

作 者＊かわのむつみ 画 家＊下間文恵
発 行＊2015年3月25日 初版1刷発行 2015年5月30日 初版2刷発行
発行所＊株式会社 国土社 〒161-8510 東京都新宿区上落合1-16-7
電話=03(5348)3710 FAX=03(5348)3765
URL=http://www.kokudosha.co.jp
印 刷＊モリモト印刷株式会社 製 本＊株式会社難波製本 ISBN978-4-337-33625-4